私が逮捕・勾留された21日間の記録

雅海
〜Mami〜

文芸社

プロローグ ――告白

私は平成二十一（二〇〇九）年四月に警察官を拝命し、十年間ほど警察組織に身を置いていましたが、在任期間中の三分の一は休職していました。警察官を拝命して三か月後（警察学校で初任科生の時）に摂食障害を発症し、病状が悪化したら仕事を休み、落ち着いてきたら復職するということを繰り返していたからです。摂食障害の食行動の異常により、長期間栄養失調状態でさまざまな身体症状（貧血、無月経、徐脈など）が発生しますが、患者本人に病識がない（治療意欲が乏しい）ことが多いのです。自殺を含めた致死率の高い危険な病気であるにもかかわらず、特効薬がなく、専門医や専門治療機関が少なく、他の精神疾患を併発することも多い、治療が難しい病気です。私の場合は、抑うつ、自傷行為を含めた衝動行動、物質使用障害（アルコールの乱用）、解離性障害などの症状が併存していました。

平成二十一（二〇〇九）年から、私はずっと病気でした。不調な時は気分や思考は支離滅裂で、多くの行動異常を起こし、周囲に多大な迷惑をかけました。今、私が生きていられるのは、家族や周囲の理解とサポートのおかげです。粘り強く私を支えてくれた全ての方に深く感謝しています。

摂食障害になった私を、命が尽きるまで支え続けてくれたのが父でした。父は平成二十八（二〇一六）年に胆管がんを発病、治療の甲斐なく令和三（二〇二一）年に緩和ケア病棟で息を引き取りました。

家族との死別は「人生最大のストレス」。その言葉通り、父を失うと喪失感、焦燥感、罪悪感、疎外感などの暗い感情が絶えず嵐のように襲ってきて、思考や感情はコントロール不能、精神安定剤も効果がありませんでした。でも、表面的には笑って普通に過ごしているかのように振る舞っていました。作り笑顔は得意でした。ビクビク怯えた暗い表情をしていると周囲から余計に白い眼を向けられることを、長い闘病生活の中で嫌というほど思い知っていたからです。しかし、努めて明るく振る舞うことの反動で、ひどく落ち込んで無気力になり、ふとした瞬間に涙がこぼれ、まともに眠れない日々が続いて心の中はぐちゃぐちゃでした。
そんな時、私は事件を起こしました。

もくじ

プロローグ　――告白　3
第一章　現行犯逮捕からの勾留　9
第二章　勾留延長から釈放まで　41
第三章　私のお父さん　59
エピローグ　――それからの私　86

第一章　現行犯逮捕からの勾留

六月十六日（木）。この日の未明、私は駅の構内で鉄道職員への暴行・傷害罪で現行犯逮捕され、そのまま意識を失っていた。警察署に移送中のパトカーの中で少し意識が戻る。

（あれ、外が真っ暗だ。今何時だろう？）

時計を見ようと手を動かすと、ガチャガチャと金属音がして、手は動かせなかった。

（これ、手錠？　なんで？　私……なんかしたのかな。いや、なにかしていないと手錠なんてかけられないもんね、ついに、やっちゃったんだ……。いつかこんな日が来るって分かってた……でも、なにも思い出せない、頭が痛い……もう、すべてどうでもいい……）

そんなことを思いながら私は再び眠りに落ちた。しばらくして、パトカーが警察署に到着し、私は警察官から叩き起こされた。

ふらふらとした足取りでパトカーから降りる。頭がボーっとして視界もぼやけている私を出迎えてくれたのは、「うわ、古い署……昭和感たっぷりだなぁ」と思わず口に出してしまいそうなほど、年季がたっぷり入った警察署だった。刑事課に到着すると、逮捕されたら誰もが受けるお決まりの洗礼コースを、私も受けた。それは「弁解録取書作成↓供述調書作成↓被疑者写真の撮影↓全指の指紋登録」などであるが、指紋登録を担当した鑑識官の指紋採取が下手くそなのなんのって……何度も何度もやり直しをさせられた。

「お兄さん、不器用やなぁ。もしかして鑑識検定の指紋、初級なんちゃう？　なんべんもやり直しさせてたら被疑者をいらつかせてしまうけぇ、練習してくださいね」

この頃には、私はそう言って警察官と会話できるほど意識レベルは復活していた。私が逮捕された現場を管轄している警察署には女性の留置場がなかった。そのため一通りの洗礼コース終了後、私は県警本部の留置施設へ移送される。チラッと時計を見ると、午前二時半だった。

留置施設に到着すると、くまなく身体検査が行われる。着ている洋服をすべて脱ぎ、留置施設が指定しているタンクトップとTシャツ、パンツとジャージパンツに着替えて、金属探知機をかけられる。その次には、所持品検査および所持品の封印が行われるのだが、この留置施設では所持品は透明ビニール袋に入れてガムテープで入口をとめて封印し、ガムテープとビニール袋にかかるように日付と名前を記載するという方法が用いられていた。まるで私物をすべてごみ袋に突っ込まれて、汚いものに蓋をされているような感じがした。

すべて終えて牢屋に入れられたのは、午前四時を過ぎていた。牢屋は、三畳ほどのスペースで、手洗い場と和式トイレが備え付けられており、机や棚などは一切ない。床はプラスチック畳で、硬くて冷たかった。

「疲れたでしょう。今日は起床時間通りに起きなくてもいいから、休んでください」

と女性警察官から言われ牢屋の中に布団一式と枕が運び込まれる。真っ白なシーツを布団にかけて横になってみるものの、睡眠薬がないと私はほとんど眠れない。午前七時には、留置施設から出された朝食という名の冷めたお弁当を食べ、ボーッと天井を眺めながら、寝不足でろくに回らない頭でグルグル考えていた。

（私、なにしたんだろう……そういえば、警察署で調書取られる時に警察官が「〇〇を殴ったことで間違いありません」云々って言ってたような……。うーーーん……誰かと喧嘩したのかなぁ……めっちゃムカついたっていう感情はあるけど、その後が全然思い出せない……。でも「覚えてません」なんて取り調べで言ったら散々怪しまれるんだろうな……）


この日の午後、さっそく警察の刑事から取り調べ（一回目、調書あり）を受けた。最近は取り調べの様子がすべて録音、録画されている。供述拒否権、黙秘権、弁護士選任権などの権利が私にあることを説明された。その後、刑事は、私が駅の構内で鉄道会社の社員の四十代男性に二回足蹴りをした暴行罪、同鉄道会社の二十代男性に二回平手打ちして「頚椎捻挫の全治一週間」を負わせた傷害罪で逮捕されているという説明をした。私は、

「事件当初から警察署到着までの間のことは一切覚えていません。唯一思い出せ

るのは、男性に馬鹿にされるような物言いをされ、強く怒りの感情が湧いたことと、誰かが私を制止している声です。音声のみで、映像としての記憶はありません」

と正直に告げた。するとその刑事は疑いたっぷりの眼差しで、

「あれだけ大暴れしておいて、覚えてないなんてあり得ないでしょ」

と言った。理解してもらえないことは分かっていたので、私は、

「本当に覚えていません」

と投げやりに答えた。すかさず刑事は、

「俺たちは本当のことを話してほしいだけだ！　今、思い出せなくても思い出す努力をしてほしい。『覚えてない』で通そうとか嘘はいけんけーね！　新たに思い出すことがあったら、すぐ話してよ！」

と言った。……ダメだ、この刑事は最初から私が逃げ得するって決めつけている。やれやれ。そして、その刑事が取り調べの最後に、

「真相を明らかにして犯人を捕まえるのが、俺たちの仕事だ！」

なんてセリフを吐いた。正義のヒーロー気取りですか？　被疑者相手に刑事自慢ですか？　ツッコミどころ満載だ。以前から思っていたが、刑事課の警察官は「刑事という花形の仕事についている自分」が大好きな人が多い。別にいいけど、私はやっぱり刑事が苦手だなと思った。

六月十七日（金）。待つことが大嫌いな私にとって、この日は拷問だった。午前九時に検察庁に護送されて、トイレットペーパーのない洋式トイレだけが設置された牢屋に入れられた。ちなみに、トイレットペーパーが必要な時はわざわざ同行室に在中している警察官を呼ばなければならない。冷たいコンクリート壁に備え付けられているのは、スポーツで控え選手が座るような硬いプラスチック製のベンチ……鮮やかな水色が五つ、反対側の壁にも同じように備え付けられていた。

牢屋に入る時に手錠と腰縄は外してもらえたが、検事にはなかなか呼ばれなかった。待ちくたびれた私がようやく呼ばれたのは午後二時を過ぎていた（約五時間待ち）。

検事の部屋を開けて椅子に座った。

「初めまして、よろしくお願いします」と言ったのは、四十代くらいの男性検事だった（以下、担当検事と記載）。目がパッチリした整った顔立ちで、スポーツマンらしく日焼けして色黒だが、お腹の上に肉がのっているのがちょっと残念だった。ただ口調はとても穏やかで、説明も丁寧で的確だったので、さすがエリート公務員の検事だと思わせた。

ただ、私の主張は昨日とまったく変わらず「事件当初のことはなにも覚えてない」で、記憶喪失状態の私に担当検事は頭を抱えて「うーーーん」と腕組みして唸り、とても困っている様子だった。しかし、覚えていないものを「覚えている。私がやりました」とは言えない。なぜなら、「いつ、どこで、だれを、どのように、どうしたか」がまったく説明できないからだ。

すでに逮捕されているのに今更言い逃れをしようなんて思っていないし、捜査機関を困らせることをするつもりはない。けれど、目の前の担当検事は明らかに困った様子だ。頭のいい検察官ならもしかしたら私のブラックアウトを引き起こす病状を理解してくれるかもしれないと、この時は期待していたので、担当検事にすべて打ち明ける覚悟をした。しかしそれがそもそもの間違いで、正直者は馬鹿を見る結果となってしまった。自分の発言のせいで勾留期間が延長されてしまい、結局三週間も牢屋に閉じ込められる羽目になるのだ。

私の主張は次のようなものだった。

・私は十年前に摂食障害を発症して以来、現在も通院、治療中であり、精神障害二級の手帳を持っている。

・医師から「長期間の精神安定剤の服用は記憶能力の低下を招き、飲酒時やストレス過多の際はブラックアウトを招く」と言われていた。

・今回の事件前、夫婦間のトラブルがとても精神的苦痛になっていた。五月末に夫がコロナに感染したことをきっかけにお互いの不平不満が爆発し、現在も別居中である。

担当検事は、暴行・傷害罪の被疑者が家出して別居中な上に離婚の危機に瀕しているなんて想像もしていなかっただろう。それはそれとして、私の話に動じるそぶりも見せないで聞き、淡々と供述調書を作成していた。とても分かりやすくまとめられており、警察の供述調書とは天と地ほどの差があった。

そして、検察庁での取り調べが終わると護送車で簡易裁判所に向かい、そこで裁判官と面談して事件内容や事実確認が行われる。検事が作成した供述調書を元に、裁判官が勾留の必要性を判断する。必死の訴えも虚しく、私には勾留の判断が下された。事件の記憶がなく、証拠隠滅および逃亡の恐れがあると判断されたのだろう。

留置施設に戻ってグッタリした私に、看守が「国選弁護人が決定し、さっそく面会に来ている」と告げたので、私はよろよろと面会室に向かうことになった。被疑者自身の貯金が五十万円以下の生活困窮者の場合は、無料で国選弁護人の弁護を受けることができる。

面会室に入ると、日焼けした小麦色の肌、短髪黒髪に黒縁メガネで紺色のポロシャツを着ている四十代くらいの男性弁護士がいた（以下、担当弁護士と記載）。担当弁護士は、とても気さくな人だった。

「酔っぱらって駅員にビンタして、それを覚えてないいんだって？　相手が悪かったね。僕が担当したことのある事件で、酔っぱらって電車のホームに侵入しちゃって、しばらく電車をストップさせた人がいたよ。まぁ、もうやってしまったことは変えられないから、これからできる限りのことをしていきましょう！」と、柔らかい物腰だが主張や意見をはっきり言う人で、この人なら大丈夫じゃないかと、この日私は初めて安堵した。担当弁護士との面会を終えて牢屋に戻ると、時間は午後七時を過ぎていた。

私はとても疲れていたが、睡眠薬がないので、やはりまだ夜はまともに眠れず、三十分寝ては三十分起きるという行動を繰り返していた。私は通りすがった女性警察官に「あの、薬って差し入れしてもらえるんでしょうか？」と聞いた。

「留置場には、薬の差し入れや持ち込みはできないのよ。留置を担当する医師が薬を処方すれば留置所内でも服用することが可能です」

「……めっちゃ厳重ですね」

「あなたも元警察官なら、留置場への持ち込み品で事故を招く可能性のあるものは厳禁だと知ってるでしょ？」

「世の中いろんな人がいらっしゃいますしね……お疲れ様です」

私が言うと、女性警察官はクスっと笑って去っていった。しばらく眠れない夜を覚悟した。

六月十九日（日）

勾留開始のこの日、目覚めは最悪だった。人生初、顔を蚊に刺された。しかも、眉間と右まぶたの二か所を刺されて、痒くて痒くて仕方がない……。窓がほとんどない留置施設に一体どのような侵入経路で入ってきたのか？　看守が扉を開けた一瞬を狙えるほど俊敏なのか？　眉間を刺すなんてちょっと変わり者だな……なんて蚊に思いをはせてしまったぐらいしか今日のニュースはない。だって週末は官公庁がお休みで捜査が一切進まないんだもん。

六月二十日（月）

休日明けの月曜日は慌ただしくなる。午前九時に担当弁護士との面会（二回目）、十時に警察・捜査担当の刑事の取り調べ（二回目、調書なし）、午後一時、一般面会で夫と母親と面会（一回目）と予定が多かった。

本日の担当弁護士による連絡事項は以下の通り。

・示談の方向で話を進めると検察庁の担当検事に連絡済み。ただ、示談となると相手方を呼び出して交渉を進めなければならないので、勾留期間が延長される可能性が高い。

・私の職場の庶務課長を名乗る男性と担当弁護士で今後の私の進退を話し合い、その後、私と面会するということ。

・午後から夫と私の母親が私の面会に来て、その後は弁護士事務所に来てもらい今後についての話し合いをするということ。

「弁護士は仕事が早いなぁ」と私が感心している間に、早々と面会は終了し、次には警察の取り調べが待っていた。一回目に来た刑事とは違う刑事だった。今後私の事件の捜査担当となる刑事（以下、担当刑事と記載）は穏やかな口調と色白でぽっちゃり型、まるでムーミンのような癒しキャラのように見えた。担当刑事は、「前回の取り調べ以降、新しくなにか思い出したことはないか？」と聞いてきたが、当然ないので「ありません」と答えると、苦笑いしながらさらに続けた。

「一人で飲んでたって最初の取り調べで言ってたみたいだけど、実際は男性の同僚と飲んでいたんだよ？　警察はその人を参考人として事情聴取もしているんだよ？」と言われ、しばし沈黙。

そういえば、言われてみれば、そんな気もする。同僚が必死に私を制止しようとしている声は、なんだか頭に残っている……。

「だめだ！　それ以上やっちゃ、だめだよ！」

激しい怒りの感情が湧き起こっている自分を抑えようとしてくれる必死の声。

おそらくその男性の同僚と一緒にいたということを自覚した私は、まったく無関係で無罪の人を巻き込んでしまったことに後悔の念が湧き起こり、ココロの中で「ごめんなさい」と何度も何度も謝罪していた。

「すみません。記憶が混濁していて、勘違いしていました。確かに私は職場の同僚と飲んでいました。そして、帰宅するために駅に向かったことは、覚えています」

「事件前のこと覚えてるなら、犯行も覚えてるんじゃないの？　俺はそう思うんやけど」

と言い放ったので、私はなんで刑事って同じことばっかりしか言わないんだろうとげんなりした。「やりました」と言わせれば事件が早く処理できるかもしれないけれど、通り一遍に決め付けたような言い方を何度も何度もされると気持ちがどんどん萎えてくる。昨今の冤罪が多い理由がなんとなく分かった気がした。

「お前がやったんだろ！　そうに違いない！」

と取り調べで毎回毎回、執拗に言われ続けたら、早くその尋問から解放されたくなるだろう。嘘でも「私がやりました」と自白して、早く終わらせて楽になりたいと思うだろう。きっと常に取り調べを行う側にいる刑事には、そんな気持ちは分からないと感じた。けれど、今の自分は逮捕された被疑者という立場で、強く反発することも意見を述べることも許されていないような気がして、私は何も言えなくなった。

そして、午後からは夫と母親との面会があった。夫も母親も常識的で健全な人間で、社会通念を逸脱するような行動を起こす私のことは、おそらく理解不能な宇宙人的存在だろう。どうせ分かってもらえない相手に一体ナニを言えばいいのか、どんな顔をして会えばいいのか、分からなくて気が重かった。案の定、母親は面会室に入るや否や、カバンから亡くなった父親の遺影を取り出して、「お父さんは怒っているよ」と言い出したのだ。私は、

(怒っているのはお母さんでしょ? お父ちゃんはそんなこと言わないし、第一もう亡くなっているんだから何にも言えない。母親は自身の意見を、あたかも周りも賞賛しているかのように私に言う癖がある。私はそれが昔から嫌だった。い

つもいつも普通とか常識とかうまく生きていけている周りの人たちと比較しないで。なんでいつも病気の私を劣等生扱いするの。私は私なんだよ）

と内心怒りの気持ちでいっぱいになっていた。そんな私に、母親は、「釈放されたら実家に帰っておいで」と言う。私が、「実家には帰らん」と冷たく言い放つと、母親の顔は困惑でいっぱいになりオロオロしだした。

怒りの感情が強い私は頑なだった。面会の立ち会いをしていた留置所の女性警察官に、

「まるで反抗期の女子高生みたいね」

と言われるほど、私は母親に反発してイライラしていたらしい。この日の面会で夫とは特になにも話さなかった。

六月二十一日（火）

今日はお風呂の日だった。留置施設では週二回だけお風呂が許可されている。制限時間は着替えとタオルドライを含めて二十分以内、シャワー使用不可、シャ

ンプー（メリット）はワンプッシュのみ、ドライヤーなしという、ロングヘアーの女性には過酷な条件であったが、ショートカットの私の本日の記録は十一分三十六秒。「めっちゃ早くない？」と女性警察官も驚くほどの早風呂だったそうだ。

「警察学校も似たようなところありませんでしたか？　うちの県は三十分以内でお風呂って決まってましたけど、先輩警察官が専科で入校されている時なんて、みんなビビッて速攻お風呂から出ていました。あの時は十分以内だったかと」

と私が言うと「いつも長めにお風呂入っている子も、その時だけは早いんだよね」と女性警察官が答えてくれた。どこの県でも同じようなことあるんだな。


本日も担当弁護士が面会に来てくれたのだが、そこで少し驚くことを言われた。傷害の被害者に示談交渉を持ちかけたところ、

「怪我が完治してからでないと示談には応じられません」

と言われたそうだ。さらに、被害者は職務中に私に平手打ちされ頸椎捻挫全治一週間の怪我をしているので、労災を使用すると思われていたのだが、通院費用

に関して、
「労災は使いません。自費で払います」
と申し立てたそうだ。頚椎捻挫は交通事故でよく診断される怪我であり、ダラダラと三か月以上も整形外科に通院して法外な治療費を請求してくる輩もいるとか……会社からの入れ知恵か、相当腹が立っているのか、ぼったくってやろうと思っているのかは分からないが、とても二十歳の子が考えた対応とは思えず、担当弁護士もこの返答には困惑したそうだ。

六月二十二日（水）

留置場生活はほとんど動かない。けれど食事は朝・昼・夕しっかり提供される。出された食事を残すのは心苦しいので完食するが、このままだと太ってしまいそうだ。とりあえず動いてみようと思い立ち、この日は三畳の部屋を、八〇〇歩、ぐるぐる歩いてみたら目が回った。

今日も担当弁護士が面会に訪れ、さまざまな報告をしてくれた。

・私の本人確認のため、夫は警察署に呼び出されて任意の調書を作成され、防犯カメラ映像を見せられているだろう。
・明日（六月二十三日）私の母親と夫が、病院に行って事件の報告と今後どうするべきかを私の主治医に相談するらしい。
・私の責任能力判定のために、障害者手帳の提出が必要になるかもしれない（※結局、提出せず終了した）。
・示談ができない場合は、略式起訴され罰金になる可能性があるが、略式起訴されるためには本人の同意が必要になるが、どうするか？（同意した）
示談解決の道が閉ざされようとしている。仕方ない、自分が引き起こした事件なんだから……私は被疑者なんだから……。病気だろうがなんだろうが関係ない、自己責任だ……。

六月二十三日（木）
今日は予定がてんこもりだけど、室内ウォーキング一八〇〇歩達成！　目が回る感覚がもはや快感だ。まず、十時に職場の上司と面会、十一時に担当弁護士と面会、午後からは集中護送の上、検察庁で取り調べ（二回目、調書なし）。

職場面会では、庶務課長と名乗る男性と統括官の男性が来所した。庶務課長にお会いするのは初めてだった。

面会室の椅子に腰掛けるとすぐに「今後の進退をどうお考えですか？」と庶務課長から問われた。私は「辞めようと思っています」と一言だけ答えた。庶務課長は、「後日、辞職願を差し入れするので書いてください。ただ、辞職願が受理されなければ処分（懲戒、解雇など）もあり得ます。辞職願を書いたとしても処分になる可能性があることも認識しておいてください。今回の事件は新聞やテレビ、ネット上でも実名報道されていますが、ご存じですか？」と冷たく言い放った。あなたは警察に逮捕されるような人間なんだ！　会社も迷惑している！　処分されて当然だ！　とでも言いたいような雰囲気だったが、それも当然のことだろうと感じたので、私は黙って頷いた。私と面識がある統括官の男性は何も言わなかった。

次に担当弁護士との面会だった。この日、私が暴行を加えた二名の男性とは個人示談ができないことが決定的となった。鉄道会社の課長を名乗る男性から「この事件は職場で対応します」と言ってきたそうだ。会社相手だと、二十日間の勾留期間中に示談に持ち込むのはほぼ不可能。したがって、この段階で私は『起訴猶予（推定無罪）』の道は絶たれてしまった。

そして午後からは、待ってましたの検察庁。ここでの待ち時間は異常に長い。「牢屋」の中でなにもすることができず、ひたすら待機する。今日は同行室という名前のある「牢屋」に、私のほかに女性が一人入れられたのでその女性と雑談をした。同年代くらいのその女性と最初は隣の人のいびきがうるさくて眠れないとか、嫌な態度をとってくる女性看守がいるとか、ジェルネイルが剥がれたらいちいち報告しないといけないとか、留置場でのちょっとした愚痴を話していた。いつも一人なので誰かと普通に話すことができて時間が経つのが速く、気が紛れた気がした。

その後、この女性が話してくれた事件の内容は、書くことはできない。女性は自身の事件の話をしながら「取り返しのつかないことをしてしまった……あの時、自分はどうかしてた……誰かに相談すればよかった……誰にも言えなくてずっと苦しかった……」そう言って声を押し殺して泣いていた。隣にいる私はそっと頭をなでてあげることしかできなかった。

やっと担当検事に呼ばれた。検事は今日もさわやかな面持ちだった。そして、やっぱりまた同じことを聞かれた。「六月十七日の取り調べ以降、なにか思い出したか？」と、それればっかり。一体あと何回聞かれるんだろう。

その次に聞かれたのは夫婦間の問題。「旦那とやり直すつもりはないのか？」や「離婚後に再婚したいと思うような人はいないのか？」など。担当検事が一体なにを聞きたいのか意図が見えなかった。私はとりあえず両質問とも「Ｎｏ」と答えた。そして最後に検事から「あなたが嘘をついているとは思えないが、できる限り思い出してほしい」と言われた。それができないから苦悩しているわけで……。私は、

「事件を起こしたことはとても反省しているし、協力できることはなんでもやります。でも、記憶は本当にないんです。ごめんなさい」

そう深々と謝罪して取調室を後にした。

六月二十四日（金）

今日も担当弁護士は面会に来てくれた。国選弁護人であるにもかかわらず、こまめに足を運んでくる姿から、仕事への熱心さが伝わってくる。担当弁護士は、事件の記憶がないことを徹底的に取り調べられるので、勾留が延長され、二十日間は留置施設にいなければならない可能性を指摘した。そして、「昨日の検察庁での取り調べ、どうだった?」と私に問うた。「酒に酔って記憶がない私に、思い出せることは全力で思い出してくれとまた検事さんから言われました」と言うと、二人で声をそろえて「無理でしょ！」と、不謹慎にも大笑いしてしまった。

午後二時から担当刑事から取り調べ（三回目、調書あり）を受けたが、私は取り調べが始まる前からご立腹だった。なぜなら、担当刑事が、私の携帯電話を任意提出させる前に差し押さえを強行していたからだ。黙って差し押さえということはつまり、任意提出の伺いを立てる前から強制執行の手段をとる強行な刑事ということで、私はこういう扱いをされることが嫌いだ。私は最初からローテンションでムスッとして取調室に入った。

担当刑事が「あれ？　どうした？　元気ない？」と呑気に聞いてきた。呆れた私の目には思わず涙が込み上げた。泣きながら、勝手に携帯電話を差し押さえたことに腹が立ったし悔しかったと訴えた。

「それはごめんね……もう携帯の話はしないよ。暗証番号を言う気にもなれんやろ？」

担当刑事が聞くので、私は深く頷いた。涙が出てきた。逮捕されているので何も文句は言えないし、記憶もないけれど、別に捜査を攪乱しようとか手間かけさせてやるとか、そんなことは一切思っていないし、取り調べにも素直に応じているのに、ひたすら疑いのまなざしを持たれるのはしんどいなぁと感じて、しばらく涙が止まらなかった。

少し取り乱していたが、引き続き取り調べには素直に応じ、着々と供述調書が作成されていった。担当刑事が、私が「覚えていません」と申し立てたところを、調書に「記憶にございません」と書いていたので、確認作業をしながら、大笑いしてしまった。ちなみに担当刑事は私の二歳年下。拝命も二年遅い、いわゆる後輩だったので、後輩に調べられるという複雑な心境は拭えなかった。

六月二十五日、二十六日（土、日）

この二日間は、土日のため官公庁が休み＝捜査がストップするため、警察本部の留置施設もとても静かだ。牢屋の中で本を読むか手紙を書くかの二択しかないので、一言で言えば暇である。逮捕、勾留されていた合計二十一日間（三週間）のうち、土日だった六日間（六月一八日・十九日、六月二十五日・二十六日、七月二日・三日）の捜査記録はない。

そんななにもないはずの平穏な土日にトラブルを起こすのが私だ。

六月二十六日（日）に問題が発生した。

「二十七番（※留置施設では名前ではなく番号で呼称される）！　ノートに破られた痕跡があるけど、これはどういうこと？　いつなんのために、破ったの⁉」

ヒステリックな感じの女性警察官がキンキン声を上げて叫ぶ。私は、

「あー、なんか暇すぎてノートに留置施設の見取図書いたり、他の被疑者の起こした事件を書いたりしてたら、他の看守に『情報漏洩になるからそのページは破って破棄してくださいっ!!』って言われたからさー」

と答えると、その女性警察官は目を丸くして上官を呼びに行った。やって来たのは、でっぷりとした腹がベルトの上に乗った中年体型の男性警部補。まるで猿山のボス猿のような偉そうな物言いで、

「破ったページはどこにやった？　ワシらはそれを探さんにゃーいけんのんやけぇ。二十七番、お前（※普通に、お前呼ばわりしていた）は、『ノートは破ったら居室内で使用できない』という告知書に署名、指印しとるんじゃけんの！　知りません、分かりません、聞いてませんは、俺には通じんけぇーな！」

と言い放った。私は、弱者に傍若無人に振る舞う、身なりに構わない中年男性――つまりこの警部補のような、典型的なパワハラ男が世界で一番嫌いだったので、ため息をついて、

「はぁ……でも『破って廃棄』を指示したのはオタクら警察側の看守ですよ？　いつどこでどのように廃棄するのか丁寧に説明しなかったのは、オタクらの落ち度やないんすか？　あと、私、病気で長期間の服薬の影響で記憶能力低いんで、いつ破ったとか、もう覚えてませーん」

とあえてふてぶてしく言い返した。

そこから大慌てで看守は全員でゴミの確認や部屋のチェックをしていたが、ノートの紙片は見つからなかった。おそらくもうとっくにゴミ処理場で燃えているのだろうが、形式的に探さないといけないなんて警察の仕事は大変だなぁと他人事で、私は慌てふためくボス猿とその子分たちを眺めていた。その後、私は狭い別室に連れて行かれ、服を脱がされて女性警察官に全身のボディチェックをされた。チェックが終わるとボス猿警部補がやって来て、また怒鳴りながら説教を続

けてくるので、

「はぁー……。分かったけぇ、もう少し静かに話したら？」

となげやりに言った。それが火に油を注いだようでボス猿は尻ではなく顔を真っ赤にして、

「てめぇ、なんやその態度は！　自分の立場分かっとんか、コラァ！　お前は俺らの管理下にあるんじゃけぇの、こっちの言うことに従えや！　なんでもかんでも病気のせいにして甘ったれんな！」

などと一方的に怒鳴ってきたので、私はそこから一切口を開かず黙秘と無視を決めこんだ。散々罵られた挙句、

「コイツは話にならん」

と吐き捨てるように言われた後、私は部屋に戻された。部屋に戻った瞬間、涙がとめどなく溢れた。声を押し殺して泣いた。

「病気に甘えている」

その言葉に深く傷付いた。病気に甘えるって、どういうこと……別になりたく

て摂食障害になったわけでもないし、飲みたくて精神安定剤や睡眠薬を飲んでるわけでもない。治せるものなら一日でも早く治したいし、飲まなくていいなら薬なんか飲みたくもない……。薬がないと生死に関わるのに、それに甘える人がいるのだろうか……。病気になって何度心がひきちぎられたか、どんだけ病気を恨んだか、どれだけ生まれてきたことを呪ったか、何度死のうと思ったことか……。その苦しみは、簡単に理解できるもんじゃない。……情けない……悔しい……。どうして自分が心の病気にならなければいけなかったのか……。

こういう時はいつも父を思い出す。「お父ちゃん、私、また間違えちゃったんかも」と心の中でつぶやくと、父は満面の笑みで「よう頑張ったな、辛かったな。実家に帰っておいで、家でゆっくり休んだらいい。お母さんも待ってるで」と応えてくれるような気がした。

父はどんな時も私を責めたり否定したりしなかった。ドッシリと構えて私を大きな愛で包んでくれていた。

（お父ちゃんの子供に生まれてこれて本当によかった。……会いたいなぁ……でも、もう会えないんだよね……）

睡眠薬が私をどんどん眠りの世界に引き込んでいく。この日は幸せな眠りにつけた。父が私に教えてくれた、守られている幸せ、信じてくれる人がいる温もり、帰れる場所がある安心感を久しぶりに強く思い出すことができた。このまま目覚めたくないとすら思う、父が生きていた頃のあたたかくてやわらかい夢をみた。

夢の中、父はやっぱり笑顔だった。

第二章　勾留延長から釈放まで

六月二十七日（月）

六月二十五日（金）のことだった。看守から「七月六日（水）まで勾留延長が決定した」という悪夢のようなお告げをされた。暴行・傷害罪で現行犯逮捕されて警察署に連行されたのが六月十六日（木）だったので、トータル二十一日間、三週間もの獄中生活が決定したのだ。被疑者の肩身の狭さを身をもって痛感する私は元警察官。そう思うと、もはや笑いしか出ない。

まったく嬉しくない勾留延長一日目の月曜日を迎えた。さっそく担当弁護士が面会に来てくれた。担当弁護士は、「示談交渉を早く始めたいが、肝心の先方が勤める鉄道会社と連絡がとれない」と言い、さらに「被害者は職務中の事件だから当然労災を申請するように二人の勤める会社も薦めるだろうが、労災を使用すると通院・治療が完了してからお金を請求される。そうされてしまうと勾留期間二十日間での示談は不可となる。国選弁護人は二十日を超えて弁護することができない。示談は諦めないが、肝心の鉄道会社と連絡が取れないので、明日再度連絡を試みる」と私に伝えてくれ、面会は終了した。

面会が終わるとまた牢屋の中で本を読むか手紙を書くかの選択しかない。外に出たい……空が見たい……。あと十日間も精神が耐えられるのだろうかと、私は途方に暮れていた。

留置場で唯一空が見ることができるのは「運動」と呼ばれる時間。格子越しだけど、一日十五分だけ外の空気を感じることができる。季節感のない留置場に届く日光は温かく、セミの鳴き声が夏の訪れを感じさせ、小鳥の鳴き声がとても優しく聞こえる。こんなに青空が恋しく思えることは、人生で初めての経験だった。

六月二十八日（火）

昨日、担当弁護士が面会に来てくれたので、今日は誰も来ず退屈な一日になることを覚悟していたが、担当弁護士はこの日も夕方に面会に来てくれた。留置施設ではほとんど誰とも会話しないため、誰かと話せる時、私はとても嬉しい。担当弁護士から二つの質問と、報告が一つあった。

①事件当日、一緒にいた男は恋人か？

②アルコール依存症を治療する意思があるか？
③母親の体調がよくないらしい
まず、「①事件当日一緒にいた男は恋人か」については、返事はＮｏだ。単なる会社の同僚であり、事件のあった日に初めて飲みに行き、初めてまともに会話したのだ。

「②アルコール依存症を治療する意思があるか」についての返事はもちろんＹｅｓだ。第三者に危害を加えるような事件を起こしてしまった以上、本気で治療しなければならないことは分かっていたし、そのつもりでいた。

「③母親の体調がよくないらしい」もちろん少しは気がかりだった。しかし、先日の面会の時の苛立ちがおさまっておらず、心から心配する気持ちになれなかった。

私と母は分かり合えない人種だということは、私が高校生の頃からすでに分かっていた。母は「成績！　成績！　テストで上位十番以内でなければすぐ携帯電話を解約する」と何度もヒステリックに叫び、高校一年生の頃に少し成績が低迷したただけで無理やり部活をやめさせられ、一緒に部活動をしていた友人さえも失ったので、その後の高校生活は全く楽しくなかった。あの時の辛さや悔しさは忘れられない。

母親は精神的に強かったので、精神的に弱い人の気持ちを汲み取ることが苦手なのだと思う。悪い人ではないが、世の中には教科書やお手本通りに生きられない私のような人間もいる。そんな私と母の仲裁役だった父はもうこの世にはいないので、とても実家に帰る気にはなれなかった。母が私を心配してくれている気持ちは分かっているし、今まで父と共に私を支え続けてくれたことには感謝している。けれど、この時の私はどうしても母親への苛立ちを抑えることができなかった。

六月二十九日（水）

午前中は担当刑事が二回目の取り調べにやって来た。取調室はエアコンが故障しており、思わず「私がやりました」と自供したくなるほどの蒸し暑さだった……。新手の自供作戦かと思ったほどだ。

今回の取り調べでは調書作成はなく、被害者の診断書「頚椎捻挫、全治一週間」を確認した。自分自身の手で他人に怪我を負わせたことを強く認識させられた。

また、防犯カメラに映っていた、私の犯行の様子をとらえた静止画像を見せられた。写真状況報告書だ。静止画像には、私が四十代男性に足蹴り二回、二十代男性に平手打ちを二回している様子が鮮明に映っていたので、もはや言い逃れはできない状態だということだけははっきりとしていた。担当刑事が、「足蹴りでは足が男性の腰あたりまで上がっているから、昔の逮捕術訓練が体に染み付いてるね」と苦笑いしながら言うので、「そうですね、逮捕術訓練は好きでした。私は剣道有段者なので竹刀の方が得意なはずなんですけど……二十代の頃の訓練は体が覚えていて反射的に出てしまうんですかね」と苦笑いで返答した。人を守るため、犯人を制圧するための逮捕術、それを他人を傷付けるために使ってしまったことは、後悔してもしきれない。深く反省した。

また、この日は夫と、私の母親が面会に訪れた。たった十五分しか許されていない一般面会にもかかわらず、母親は再び県外から新幹線と電車を乗り継いで来てくれた。この日は、

・六月二十三日（木）に私の主治医に相談に行ったが、良い返答はなかった。

・釈放後どうするのか？

ということが話題となった。さらに夫から「事件当時、あなたは男の子と手を繋いでいたし、事件が起きなければ男女の仲になっていただろう。男はスケベ心出したけど、そこであなたが事件を起こしたから未遂で終わってよかったねー」と不貞行為を疑っていることを吐き捨てるように言われたので、私は話す気力がなくなった。今は何を言っても言い訳にしか聞こえないだろう。私のどんな言葉も届かないだろう。防犯カメラの映像などの現場の状況を見ればそう言いたくもなるだろうと感じたので、何も言わなかった。

六月三十日（木）

今日は、私の職場の庶務課長が面会に来た。
（さっさと辞めてくれって言われるんだろうな。さすがに新聞で実名報道されたら辞めざるを得ないな、懲戒処分じゃないといいんだけど……）と覚悟を決めていた。案の定、庶務課長は面会室に入ってくるやいなや、「今日辞職願を差し入れしますので、今日中に書いて宅下げしてください。今日の夕方受け取りに参りますので」と言われたので了承した。

さらに庶務課長は「本日の夕方、辞職願を受け取りに来た時に、あなたが職場に置いている私物をすべて留置施設に差し入れします。ボーナスの給与明細書も併せて差し入れしますので」と言い、早く問題児を片付けたくて仕方がないという様子が、私はとても悲しかった。疑い、怒り、軽蔑、嫌悪…ここで私に向けられる眼差しはナイフのように心に突き刺さる。所用を済ませた庶務課長はさっさと切り上げて帰っていった。

そして、担当弁護士が面会に来てくれた。担当弁護士からは「示談交渉ができなくなってしまったが、被害者に対する謝意は一言でも伝えた方がよい」と提案があった。私もそれは当然のことだと了解した。担当弁護士は「七月一日(金)の朝までに謝罪文を書いておくこと」と、私に宿題を出した。

そして「釈放された際に誰が迎えに来るか」についても検討が必要だった。母親は高齢で県外に住んでいるので論外、となると、夫か……。私は怒りでいっぱいになっていた夫の顔を思い出していた。担当弁護士は、

「あなたと旦那さんは事件前に離婚する方向性で話し合われていたようですね。旦那さんはあなたともう一緒には暮らせないとはおっしゃっていますが、まだ婚姻関係は継続しているので釈放時の迎えなら引き受けてくれるそうです」

と私に伝えてくれたので、やむを得ず私も夫が迎えに来ることを了承した。面会室がたちまち葬儀場のような雰囲気になったが、ここで担当弁護士がダイビングの話を持ち出し、「自分は百本経験で今は十年のブランクがあるけど最近また再開した。死ぬまでには宮古島に行きたい……」等と語り出すので、ダイビング

二百本経験者で沖縄在住歴のある私は、沖縄のおすすめのダイビングポイントや思い出を話すことができた。ほんの一瞬、楽しい記憶が頭に蘇って、表情が柔らかくなる。和やかな雰囲気が戻って面会を穏やかに終えることができ、私はとてもありがたい気持ちになった。

七月一日（金）

本日は私が暴行、傷害を負わせた相手方を含めた、その会社全体に対しての謝罪文を書いていた。便箋三枚にビッシリ書いた。記憶がないこと、記憶がなくなる原因も、すべて分かりやすい表現で柔らかい文面を心がけて書き上げた。そして、その謝罪文を宅下げして、十時に面会に来てくれた担当弁護士に渡してもらった。一発ＯＫをもらい、弁護士を通じて謝罪文を会社に送付、コピーを検察庁に提出するとのことであった。そして担当弁護士から「七月四日（月）に検察庁に呼ばれ、勾留期限の七月六日（水）には略式起訴で罰金刑になる可能性が今のところ一番高く、罰金がいくらになるかは罪名による（暴行ならば三十万円以下の罰金、傷害ならば、五十万円以下の罰金）」という話を聞いた。なんて高い勉強料……と内心思ったが、罪は罪、自分で償うしかない。そして「釈放日には旦那さんが罰金を用意して迎えに来る」とも言われた。気まずい……。面会に来た時の夫の表情や声を思い出すと胸が痛んだ。釈放日には今以上夫を怒らせないように、とにかく平身低頭に謝ろうと決意した。

七月四日（月）

今日は予定がてんこもりだった。月曜日から官公庁が動き出すため、忙しい。……土日と足して二で割ってくれと何度も思った。九時三十分に留置施設を護送車で出発。十一時に検察庁で担当検事から一度目の取り調べを受けた。十二時に担当弁護士と私の面会があり、午後一時に二回目の取り調べ、午後二時にまた一時中断して、三時から三回目の取り調べが行われた。留置施設に戻ったのは午後六時を過ぎていた。

一度目の取り調べでは、犯行当日、「なぜ、同僚男性と飲んで楽しい気分だったはずなのに記憶がないのか」と指摘された。「楽しい気分だったはず」等、暗に不貞行為をしようとしていたのではないかと言われているようだった。検事は、積もり積もった精神的なストレスであっても、飲み会で一時的に発散できると思っているらしいが、その程度で気が紛れてくれるほど安易なものではない。しかしそういうことはあまり分かってもらえないのだと感じたので、

「長期間にわたって溜まったストレスに、一時しのぎはあると思いますか？　もし、一時しのぎで解消されるのであれば、私は十年以上も病気で苦しんでいないと思うんです。ストレス解消が本当に下手なんです。そういう自分だと分かっているので、なんとか改善したいと努力はしているんですが、未だにうまく処理することができないことが多いんです。だから、病院にずっと通っているんです」

と訴えた。

また、「事件の直前と直後の記憶ははっきりしているのに、なぜ犯行時だけ記憶がないのか」と指摘された。疑いたくなるのはもっともだろう。自分でも都合のいい頭をしていると思うが、ストレスが強い時はいつもそうなるのが私だった。

おそらく暴力行為が出るのがアルコールの酔いが最高潮の時であり、過去にも、覚えていないが自分が起こした行為について説明した。ゴミ箱が変形するほど蹴り倒したり、皿を割りまくったり……。行方不明になって警察犬を出動させたり、警察官三人がかりで暴れる私を押さえつけて泥酔保護されたりしたことも話した。隠しておきたい過去でさえ説明しなければ「記憶がない」ことが立証できない現実に、どんどん気分が暗く、重たくなっていった。

一度目の取り調べを一時中断して、検察庁内の面会室で担当弁護士と面会した。担当弁護士から「明日釈放予定だから、おそらく今日が最後の面会になる」と言われ、なんだか寂しい気持ちになった。担当弁護士には、午前中に担当検事の態度に少し嫌悪感を抱いたことと不貞行為を疑われたことをまくし立てるように一気に話をしたため、のちに具体的になにを話したか思い出せなくなった。アルコールがなくても、感情的に話したことが記憶にとどまらないほど、私の記憶能力は低下している。精神の安定と、記憶の安定。精神の安定を優先させると薬の服用が欠かせない。しかし薬の作用で記憶は不安定になる。大切なことさえもどんどん忘れていく自分が少し悲しかった。事実、夫と結婚してから行った場所やお店を、夫は覚えていても私は覚えておらず、慌てて取り繕ったこともあった。そんなことを考えていると面会はあっという間に終わった。

「釈放されたら事務所に電話をください」と言い、担当弁護士は帰って行った。

午後から二回目の取り調べが行われ、私の犯行を写した防犯カメラ映像の確認作業が行われた。一時中断して、三回目の取り調べでは、担当検事が今までの供述を元に調書を作成していった。調書の最後には再犯防止のための具体的な対策方法について問われたので、

・主治医にアルコール依存症の専門病院を紹介してもらう
・不安定な時は外でお酒を飲まない
・とにかくストレスを貯めないように、ストレス発散方法を検討する

などを列挙した。とても疲れる一日だった。

郵 便 は が き

料金受取人払郵便

新宿局承認

7553

差出有効期間
2024年1月
31日まで
(切手不要)

1 6 0-8 7 9 1

1 4 1

東京都新宿区新宿1－10－1

(株)文芸社

愛読者カード係 行

ふりがな お名前			明治 大正 昭和 平成 年生 歳	
ふりがな ご住所	□□□-□□□□			性別 男・女
お電話 番 号	(書籍ご注文の際に必要です)	ご職業		
E-mail				
ご購読雑誌(複数可)			ご購読新聞 新聞	
最近読んでおもしろかった本や今後、とりあげてほしいテーマをお教えください。				
ご自分の研究成果や経験、お考え等を出版してみたいというお気持ちはありますか。 ある ない 内容・テーマ( )				
現在完成した作品をお持ちですか。 ある ない ジャンル・原稿量( )				

書　名			
お買上 書　店	都道　　　　市区 府県　　　　郡	書店名	書店
		ご購入日	年　　月　　日

本書をどこでお知りになりましたか?

1.書店店頭　2.知人にすすめられて　3.インターネット(サイト名　　　　)

4.DMハガキ　5.広告、記事を見て(新聞、雑誌名　　　　)

上の質問に関連して、ご購入の決め手となったのは?

1.タイトル　2.著者　3.内容　4.カバーデザイン　5.帯

その他ご自由にお書きください。

(　　　　)

本書についてのご意見、ご感想をお聞かせください。

①内容について

②カバー、タイトル、帯について

弊社Webサイトからもご意見、ご感想をお寄せいただけます。

ご協力ありがとうございました。

※お寄せいただいたご意見、ご感想は新聞広告等で匿名にて使わせていただくことがあります。

※お客様の個人情報は、小社からの連絡のみに使用します。社外に提供することは一切ありません。

■書籍のご注文は、お近くの書店または、ブックサービス(0120-29-9625)、セブンネットショッピング(http://7net.omni7.jp/)にお申し込み下さい。

七月五日（火）

この日、私は留置施設の警察官から、

「明日、検察庁で釈放される」

と告げられた。長かった逮捕と勾留の合計期間二十一日、約三週間がやっと終了することに安堵した。そして、今日は火曜日、お風呂の日だ。土日月と三日間もお風呂に入れなかったから頭皮はベタベタ、Tシャツもよれ切っているから順番を心待ちにしていたのだが、午後になっても一向にお風呂に呼ばれなかった。

「お風呂いつですか？」

と尋ねると、ヒステリックな女性警察官が言った。

「翌日釈放の人は入れません」

そんなルールは聞いてない……警察の留置施設は人が次々入れ替わるせいか、説明不足なところが多い。たしかになにかしらの事件や事故を起こして、その被疑者として逮捕、勾留されてはいるが、まだ検察に起訴されるとも裁判になるとも決まっていない捜査段階の人に対しての扱いが粗雑だ。

そして、荒々しい荷物点検が行われた。

携帯電話や、事件当時の服は、逮捕された日にすべて留置施設に取り上げられ、ビニール袋に入れてガムテープで封印され、そこに封印した日付と名前を書いて保管される。それを釈放前日に書類と照らし合わせながら返還する作業があるのだが、その女性警察官は汚い物でも触るかのような態度で「はい、これある。はい、これもあるから」と、手荒く別の大きなビニール袋に押し込む。サンタクロースの袋のように膨らんだ所持品入りのビニール袋も、さらにガムテープで封印される。

また、自弁購入した雑誌やノートや便箋もこの時一緒に封印されてしまうため、この儀式が終わったら牢屋の中では貸し出し本を読むことしかできなくなるのである。その説明も一切なかった。「そういうルールなんだから当然でしょ」という顔をしている警察官。だが、クレームを言うわけにはいかない、ここで下手に揉めて釈放されないなんてことになったらたまらない。私には耐えるしか選択肢がなかった。

七月六日（水）

今日は十時に検察庁に呼ばれ、釈放に向けて略式起訴の準備が行われた。担当検事から、「略式起訴と起訴の違い」「略式起訴後、十四日以内であれば異議申し立てができる」等の説明がされた。ただ、それらは元警察官の私は当然知っている。担当検事は、

「捜査や裁判手続きについて、すでにご存じの方に説明するのは、なんともこちらが、恥ずかしいですね」

と苦笑いしながらも、丁寧に説明してくれた。人柄の良さが滲み出ていると感じた。

検事は最後に、「あなたが悪い人間ではないことはよく分かっていますので、本当にもう二度とここでは会わないように努めてください」と言われ、私は「お約束します」と返答して部屋を出た。

そして、午後三時に簡易裁判所へ行き、裁判官から罰金の額を言い渡される。

それからもう一度検察庁に戻って罰金徴収係で罰金を支払うのであるが、この罰金については、夫が持参し代理で支払ってくれた。

帰り道、夫は疲れたような顔をしていたが、いつもと同じように何気ない会話をする。私はとても申し訳ないという気持ちはあり、努めて明るく振る舞ったが、違和感は拭えない。逮捕・勾留される前のような関係には、もう二度と戻ることはできない。それでも、いつも二人で出掛ける時の私の癖は変わらない。夫の左側で手をつなぐこと。夫の手はいつも温かい。夫はこの時、私の手を振りほどきたかったのかもしれない。でも、家にたどり着くまでいつも通り手をつないでいてくれた。「今、なに考えてるの?」そんなこと怖くて聞けない。いつもは遠慮なく聞いているのに……。二人の間には透明な壁がある。

夏を告げるセミの声、雨上がりの蒸し暑さと淡い桃色に染まった夕焼けが、二人の心を重たく複雑な色に染めていった。

第三章　私のお父さん

最後に、私と、こんな私を守り続けてくれた父のことをしるしておこうと思う。

ミニスカポリスに憧れる

今から十五年ほど前、私は大学卒業と同時に女性警察官になった。一見、見た目は強そう、しっかりしてそうだと言われていたが、心はとても繊細で、大学時代は同級生からイジメや無視を受け、友達は一人もいなかった。このイジメがきっかけで「私のように弱い人を救い、どんな人でも守れる強い人間になりたい」と強く願うようになり、迷わず警察官を志した……というのは面接用の模範回答で、本当はもう少し軽薄な理由だった。私は昔からコスプレが好きで「堂々と制服コスプレしてテンションあげあげで仕事したい」という、なんとも不純な動機が八割で警察官を目指していたのだ。

私はぽっちゃり体型、食べることは大好きで運動嫌いという典型的なおデブちゃんだった。しかし一度やると決めたことは貫き通すという頑固な性格で、警察官を志した大学三年生の頃から本格的に体作りを始めた。マシンを使って筋力トレーニングを週三日行い、一日十キロメートル以上を走り込んでいたので、大学を卒業する頃には六十八キロあった体重が五十五キロまで落ち、体脂肪率は一八パーセントだった。

まだ肌寒い田舎の四月、私は初任科生として警察学校に入校した。警察学校は全寮制で、朝六時三十分から夜十時までびっちり予定が組まれており、中間テストや期末テスト、各種検定の受験が行われ、卒業するまでの六か月間、息をつく暇もなさそうなスケジュールだった。しかし、「私は絶対にやり遂げて警察官になってみせる！」と意気込んでいた当時のことは、まるで昨日のことのように思い出すことができる。

同期の女性警察官五人の中で、私は誰よりも体力があって体が強く、周囲を笑わせて和ませることが得意で、愛嬌もあった。そんな表向きの姿とは裏腹に、心は傷つきやすく、些細なことを気にしやすい性格は相変わらずだったように思う。

おまけに大学生時代のイジメで心に深い傷を負い、癒える間もなく警察学校という厳しい環境に身を投じてしまったため、日に日に意欲が低下して落ち込む日々が増え、毎日のように吐き気に襲われて、ついに食事を嘔吐するようになっていった。

それでも走った。いくら食事を嘔吐しても、土砂降りの雨で誰も自主トレをしない日でも、がむしゃらに走った。「きついと思うのは、自分がまだ努力が足りないからだ。こんなところで休んでいられない」何度もそう言い聞かせて、決して立ち止まらないように一生懸命だった。


警察学校生活が四か月を経過しようとしていた七月の終わり頃、私は突然教官から、

「精神科のある病院に行け」

と命じられた。意味が分からなかったが、警察官社会は階級社会、上司の命令

は絶対服従のため、仕方なく休日に両親と共に心療内科を訪れた。

そこで医師から告げられたのが、「神経性摂食障害」という病気だった。

「なんじゃそりゃ？」というのが正直な私の感想で、なんのことかまったくピンとこなかったが、警察学校入校直後の四月から七月末までの四か月間で体重が五十五キロから四十五キロにまで減少していたという事実は、体重計が教えてくれた。そして、さらに医師は「一か月間のドクターストップ（八月いっぱい一か月間の休職）」と告げた。

「はぁ？」

私は耳を疑った。今はもう七月が終わろうとしているし、八月・九月の残り二か月で警察学校の初任科課程は終了して卒業できる……八月に入れば各種検定の受験が、九月には期末テストがあって、それを終えれば十月から晴れて現場に出られるのに！　こんなところで休んでたまるか！

私は必死に、

「あと二か月だけ待ってください！」

と懇願したが、医師は首を縦に振らず、厳しい口調で、

「駄目です。今休まないと死にますよ！」

と言った。死ぬと言われたら、もう返す言葉が見つからなかった。生まれて初めて目の前が真っ暗になった。「絶望」という暗雲が心の中にどんどん立ち込める……。土砂降りの雨に遭遇した時のように、私の心は暗く冷たく、重たくなっていった……。なんとも言えない、情けなくて惨めな敗北感のようなものに打ちひしがれていた。

（なんのために今まで歯を食いしばって頑張ってきたんだろう？　我武者羅《がむしゃら》に努力してきた私が精神疾患？　そんなの同期から『マルガミ（精神障害者を指す警察内の隠語）』って後ろ指さされるじゃん…また私イジメられるのかな……また居場所がなくなるのかな……また一人ぼっちになるのかな……）

ふとその時、私は無線の訓練を思い出した。

「至急！　至急！　現在病院内でマルガミが暴れているとの一一〇番通報が入電中！　各局にあっては緊走にて現場に直行されたい！　司令番号は一一〇！　以

上、本部」

（私はまだ暴れてないけどさ……なんてね……）

すっかり意気消沈した私は休職を受け入れ、実家に強制送還させられた。

私が実家でいじけている頃、両親は「休職一か月間」という診断書を持って警察学校を訪れていた。警察学校の校長室に通されて椅子に腰掛けると、複数人の制服警察官（警察学校の教官は皆警察官で、階級は警部補以上）に囲まれた。目の前には迫力と威圧感がたっぷりの学校長が鎮座しており、二人は絶体絶命な状況下に置かれていた。

女性警察官の教官と、警備課長上がりの男性教官が、私について「辞職すべきだ」と厳しい口調で主張しており、周囲の教官も頷いていた。

母親はオロオロするばかりで狼狽《うろた》えていたので、教官たちは辞職を確証したかのようにニヤリとしていた。しかし、そう簡単に引き下がらないのが当時大学教授を務めていた我が父である。父は、

「病気だったら警察官になれないのか？　娘は確かに病気かもしれません。それでは、娘の学校での成績や態度はどうだったんですか？」

と教官たちに問うた。剣道六段で普段から稽古をしている父の大声に教官は少したじろいで、小さな声で、

「えぇっと……成績は十五位／八十人中ですので良好です」

するとと父はさらに主張を続けた。

「成績が良好な者を、病気を理由に辞めさせるのが警察のやり方ですか？　私は教育者として納得できかねます。娘は病気を発症しながら『警察官を辞めたくない、警察学校を卒業して現場に出たい』と言っています。どうか、警察官になるためのスタートラインと機会を奪わないでください。親が責任をもって通院させますので、どうかお願いします！！！」

土下座でもするのではないかという様子で、必死に学校長に頼み込んでくれた。

そのおかげで私は警察学校を一か月休職した後に復職し、なんとか初任科を卒業し、地域警察官として交番に配属された。とはいえ、摂食障害を患っていて低体

重で体力がなかった。そのため、体力的に厳しい二十四時間の交代制の交番勤務を続けることは困難だった。

念願かなってなんとか現場に配属されたものの、私は何度も休職と復職を繰り返していたので、職場ではいつも孤立していた。話をしてくれていた数少ない同期は転勤でいなくなり、次々と後輩が入ってきていた。陰で「早く辞めればいいのに」「休んでばっかりの給料泥棒」と言われていることも知っていた。上司から「もう辞めた方がいいんじゃない？」と言われることもあったが、辞めたいと思った日はなかった。病気で何度も何度も体調を崩しながらも必死に「病気の経験がきっと生きる日がくる」と言い聞かせて、警察官として一人前になろうと闘志を燃やし続けていた。

警察官時代は、父がいつも私を庇って守り続けてくれていた。

体調不良になるたびに医師から休職を指示する診断書が出され、それを父親に託していた。父は警察署に電話をかけて私の上司に事情を丁寧に説明し、直接警察署に赴いて診断書を警務課に提出し、私の代理で休職に必要なすべての手続きをし、嫌な顔ひとつせず休職の許可や辞令を取ってきてくれていた。

父はいつも「病気が不調にさせとるんや。お前自身が悪いんじゃないぞ、病気のせいなんや。自分を責めたらあかん。こういう時は周りに頼ったらええんや。お前は元気が戻ってくるまでゆっくり休む、それが今の仕事やで」と言っていた。母は私への対応が分からずいつも困惑していたが、父が「表面に見えている態度だけで決めたらあかん。娘は心が疲れ切ってもうエネルギーがない状態や。心の中でものすごく葛藤しているし、苦しんでいるんや。だから、体調がよくなるまで見守るしかないんや」とサポートし続けていた。私が何度体調不良になっても、父も母も私を見捨てることはなかった。

また、復職したばかりの頃の私は、出勤時間が近づくと表情が暗くなり、ポロポロ涙を流して、出勤時に私に注がれる白い目に怯えていた。そんな時、父は「一緒に仕事先まで行こう」と言って、毎日のように送迎してくれた。父はいつも笑顔で明るく、

「大丈夫！　夕方までなんとかやり過ごせばいいいんだよ。誰もお前をとって食う

わけじゃないんだからね、とにかく時間が経つのを待っておきなさい」

と言い、決して下手に励ましたり同情したりするようなことはしなかった。父はいつも私を応援してくれていたし、いつも味方でいてくれた。

どれほど大きな父の愛情に包まれて守られていたか、どれほど大切に育てられてきたか、大バカ者の私は、父が亡くなるまで気付かなかった。

父は要介護3

私の父は六十五歳で大学教授を退官した。そのわずか三年後の六十八歳の時に胆管がんが見つかったが、幸い早期発見だったので開腹手術が可能で、一命を取り留めることができた。しかし、七十二歳の時に癌が再発、リンパ節への転移が見つかった。再手術は不可能で、メインの治療は抗がん剤の使用だったが、父は副作用の食欲不振や不眠に悩まされた。七十三歳を迎える春頃には放射線治療も試みたが、たいした効果は見られなかった。

父は癌を患って以降、急な発熱で度々入院していたが、病院嫌いで自宅療養を希望し続けていた。何度入院しても、執念と気合いで必ず退院して自宅に戻ってきていた。父の目には「生への強い欲求」が感じられた。

夏が過ぎて秋の気配が近付いてきた頃、父は両足がむくみ、歩行困難となり、ついには要介護3の認定を受けた。介護保険のおかげで実家には手すりが多々設置され、介護ベッドや歩行器などの福祉用具を備え付けることができたが、父は日に日に弱り、痩せ細っていった。足の浮腫の原因は癌だった。癌が下肢の鼠径部あたりの静脈に絡みつくようにできていたため、リンパ液の循環が悪くなって下半身に滞るようになっていたのだ。父の足は通常の太さの二倍ほどにむくみ、皮膚がパンパンに張って乾燥していたので、常に保湿クリームを塗って乾燥を防ぐように医師から指示されていた。パンパンに張った皮膚に傷が付くと、そこから一気に体液が流出する危険があった。

その頃私は警察官を辞めて結婚し、実家とは違う土地で夫と二人で暮らしていた。母と私は父の病状について頻繁に電話でやり取りをしていたが、母の声が日に日に疲れを帯びていくのが分かった。父の介護が大変さを増していることに加え、母自身も高齢のため、一人で父の面倒をみていくことに限界を感じていることが伝わってきた。私は父の介護を手伝うことを決意し、実家に帰省することを決めた。

実家には両親と弟（長男）が住んでいたが、彼は引きこもり。もう一人の弟（次男）は就職して県外に住んでいる上に転勤族、おまけに普段から仕事に忙殺されていたので、父の介護の戦力になれるのはきょうだいで私だけだった。

父は癌が再発・転移しているにもかかわらず、決して生きることを投げ出そうとはしなかった。日々の体調変化（体温、血圧、血中酸素濃度）を細かくメモして、週に一度やって来る訪問看護師にきちんと報告していた。体調不良時にはしっかり薬を処方してもらっていたが、いかんせん薬をよく飲み忘れるので、母は「お父さん、薬飲んだ⁉」が口癖になっていた。また、父は週三日ほどリハビリ型のデイサービスに通って運動や体操をしたり、やる気が起こらない時には他の利用者さんや職員に話しかけて笑いをさそい、周囲を和ませていたようだった。

また、家では規則正しい生活を心がけ、少量であっても三食を摂取する努力を怠らず、運動（散歩、ラジオ体操、自転車こぎ）もして、お風呂では必ず十分以上湯船に浸かって体を温めて体内循環を促すように頑張っていた。

父は、外では気丈に振る舞っているようにも見えた。家では眉間にしわを寄せて険しい表情をしていることが増え、体の痛みが心の余裕をどんどん奪っているように感じた。特に食事の際は「こんなにたくさん食えない！　もっと俺の気持ちを考えろ！　こっちは病人なんやぞ！」と母に八つ当たりすることも増えていた。あまりにも母にひどく当たるので、私が注意したこともあった。

「お父さん、いい加減にして！　一生懸命工夫してご飯を作ってくれているお母さんの気持ち、考えたことあるの？　いくらなんでも言いすぎよ！　そんなに文句があるなら自分のことは自分ですればいいじゃない！」

そう私が厳しく言った時、父は大粒の涙をこぼして泣き出した。

「俺は、俺は、やっぱり家におったら迷惑なんや……」

「そうじゃないよ。お父さんが今辛くてしんどいのは分かるから……でも、私もお母さんも人間だから文句ばっかり言われたら悲しくなるよ。いつもじゃなくていいから、できる時でいいから、お互い協力しあってお父さんが家で気持ちよく生活できるようにしていこうよ。ここは家族みんなの家だから」

そう言って泣きじゃくる父を励ましたこともあった。

外へ散歩に行く時のお供は、私の役割だった。父は数歩進むとすぐに疲れてしまうため、私は、いつでも座って休憩できるように椅子を持参して車道側を歩いていた。父は数歩あるいて数分休み、また数歩あるいては椅子に腰掛けて数分休みを繰り返しながら、家から三十メートルほど離れた所にある「古い石造りの橋」まで散歩するのが日課だった。橋に腰掛けて座ると、川のせせらぎが心地よく聞こえてくる。父は、

「すまんなぁ……足が思うように動かんし、ちょっと歩いたら心臓がパクパクするんや。堪忍な……」

と申し訳なさそうに言うので、私は決まって、

「気にしないの！　老いては子に従え、お互い様よ！　今までお父ちゃんがずっ

と病気の私を助けてくれとったじゃん、恩返しさせてよ」

と応えていた。その言葉を聞くと父は安堵したように微笑んで、

「やっぱり外は気持ちがえぇなぁ……ありがとう」

と言った。私の実家の周辺は山々に囲まれていて、とても自然豊かな田舎だった。虫の声と、田んぼに実った穂が風に揺れてカサカサ鳴る音、コスモスや彼岸花の花が色鮮やかに咲き誇る風景。その風景のすべてが優しい秋の訪れを教えてくれていて、そこはとても温かく穏やかな空間だった。父と私はいつもしばらく景色を眺めて楽しんでいた。この日々が少しでも長く続きますように……私は心の中で強く願っていた。

そんな私の願いや父の努力を嘲笑うかのように、無情にも癌は増殖していったのだろう、ある日とうとう父は自力で立ち上がれなくなった。医師と相談の結果、緩和ケア病棟に入院することになった。

それは、冬の足音がすぐ近くまできている、風がだんだん冷たくなってきた冬の初め頃のことだった。

父、仏になる

父の入院当日。診察を終えて緩和ケア病棟に移動するために、父は車椅子に乗せられた。肩をガックリと落として、顔を下に向けたままうなだれている父の姿を、エレベーター越しに見送った光景は、今でも私の心に焼き付いている（※当時はコロナ感染対策のため、家族も病室には入れなかった）。

「神様はいるのだろうか……」

神様、もしいらっしゃるのならば、どうか私の残りの命をすべて父にあげてくれませんか？　まだ父を私たちから奪わないで……お願いだから……」

私はエレベーターの前で泣き崩れた。人目もはばからずわんわん泣いた。もう父に会えないのかと思うと、どうしようもない寂しさが押し寄せてきた。お父ちゃんが大好き……そう確信した時、このまま病院の屋上から飛び降りて一足先に三途の川で父を待っていたくなった。しかし、今まで与えられたたくさんの愛情を、自らの命を絶つというカタチで裏切ることはできない……でも、心が張り裂けそうだった。錯乱した私は、その日どうやって家に帰ったのか覚えていなかったが、気が付くと実家の布団で眠っていた。

緩和ケア病棟では、治療することはない。ひたすら痛みを取り除いて死を待つだけの場所、私はそう思っている。父が入院して最初の一、二週間は指定された一人だけ（この時は母）が一日十分の面会を許可されていたが、三週間が経過する頃には追加でもう一人の面会が許可されるようになった。それは父の病状が悪く、死期が近付いていることを意味していた。点滴、注射、飲み薬に座薬、ありとあらゆる痛み止めを使用していた父は、その副作用で日中眠っていることが多かったが、痛みを完全に取り去ることはできていなかったので眠っている時の表情も険しかった。

「お父様が目を覚まされた時に、ご家族がそばにいらっしゃると安心して、精神的に落ち着かれるそうですよ」

とある看護師から言われた。その日から日中の午後は母が付き添い、夕方から

消灯までは私が父のそばに付き添うことにした。父はこの頃痛みが激しく、せん妄の症状も現れ始めて、

「痛い！　痛いー！　なんとかしてくれー！」

と大声で叫び、駆け付けた看護師に、

「天井にゴキブリのような黒い物体がいてこっちを見張ってる」

と発言したこともあったそうだ。痛み止めで意識が混濁し、ふと激痛で目が覚める……それがどれほど辛いことか、私には想像に難くない。ただその様子を見守ることしかできない自分が、とても心苦しく辛かった。

「私、なんにもしてあげられないんですよね。助けてあげたい、なんとかしてあげたいって心からそう思うのに……思っているだけでどうすることもできなくて……痛みで苦しんでいる父を見ていることしかできないなんて、本当に辛いです」

と、鎮痛剤で眠りに落ち始めた父を見守りながら、私はそばにいた看護師に打ち明けた。

　するとその看護師はにっこりほほ笑んで、

「あら？　本当にそう思いますか？　娘さんがそばにいてくれているだけでどれほど心強く思っていらっしゃるか、私たちは知っていますよ。体調がいい時はいつも『娘はダイビングしているから、いつもきれいな海の中の写真を見せてくれるんや』『娘は毎日メールで心配してくれとる、ありがたいことや』『この前の誕生日の時は家族でテイクアウトの中華を食べたら、それがおいしくておいしくて！　食べすぎてしまったんや』と、楽しそうにお話ししてくださいます。その時の表情は本当に生き生きされていて……ご家族のあたたかい支えがなければ、そんな笑顔は見られなかったと思いますよ」

と教えてくれた。落ち込んでいた気持ちが少し救われたような気がした。

父が入院して以来、私は日中、特にやることがなくなったので短期のアルバイトを始めた。お金を貯めて父が喜ぶようなものをプレゼントしたいと考えていたのだ。午前九時から午後四時までバイトに行き、五時には帰宅する。風呂に入って夕ご飯をタッパーに詰め込んで車で病院に向かうと、六時半には着く。

（お父ちゃん、今日は起きてるかな）

という思いと、

（機嫌が悪かったら、どうしよう）

という思いが交錯していた。痛みが日に日に増している父は、家族が面会している時にも懇願するように、

「痛いんや、なんとかしてくれ、助けてくれ……」

と訴えてくることがあった。そういう時はどう対応すればいいのかが分からず、ナースコールを押すことしかできない自分が情けなかった。そんなある日、看護師から、

「お父様のむくんでいる脚をさすってあげるだけでも、リラックスできるんですよ」

と聞いた。その時、自分が昔手に職をつけようと思ってリラクゼーションセラピスト二級の資格を取ったことを思い出し、「これなら、できる！」と思った。

その日から、父の体の痛みが強くなく、体に触れるのを許す限り、脚をマッサー

ジすることが日課になった。

またある日、看護師が二の腕まであるビニール手袋をつけて、父とベッドのわずかな隙間に手を出し入れしている様子を見かけた。腰をマッサージしているとのことで、私もやり方を教わって試みる。

（重い……父の全体重が私の腕にのしかかって腕を前後させているだけでも汗だくになる……これはハード）

今にもマッサージをやめようと、そのタイミングを見計らっていると、父が、

「気持ちいいなぁ」

と嬉しそうに言うので、私は父の気が済むまでひたすら腰をマッサージした。少しでも痛みから解放される時間を作ってあげたい、その一心だった。

お見舞いに行っても父は眠っている日が増えた。眉間にしわを寄せて眠っている父の寝顔はとても辛そうだった。そっと父の手を握ると氷のように冷たかったので、自分の手で包みこんで暖めてみた。じんわりと手の温もりが伝わったのか父が目を開ける。

「おー、来てくれとったんか……。今、何時や？……今日は寒いなぁ……そういえば、お前バイトは大丈夫なんか？　疲れてないんか？」

自分の体が一番しんどいのに、どうして娘のバイトの心配なんかしてるんだよ……私は思わず涙が出た。父は私がバイトが辛くて泣いているのだと勘違いしたのか、

「無理せんで、休んだらええんやで。お前は人よりだいぶ繊細で頑張りすぎるところがある。サボってるぐらいがちょうどいいんや。お父ちゃんはちゃんと分かっているからな」

と私の手を強く握り返してくれた。

父が入院して一か月近くが経過した、霧雨が朝から降り続いていたある日、いつものようにお見舞いに向かい病室のドアを開けると、青い顔をした看護師が、

「すぐにご家族の方を呼んでください、お父様は今夜が山です」

と告げた。

一瞬、なにを言われたのか分からなかった。周囲の音が遠くに聞こえる……目が霞んでよく見えない……ツーッとなにか冷たいものが頬をつたう……ポタポタと水滴が床に落ちる……私はその場に立ち尽くしたまま泣いていた。看護師が心配そうに私の肩を撫でるので、私はそこで我に返り、深く深呼吸をして、

（落ち着け、今やるべきことをやるんだ）

と強く言い聞かせて、携帯電話を取り出して母に電話をかけた。

「もしもし？　お母さん？　お父ちゃん、今夜が山やから家族を呼べって看護師さんに言われたんよ、たった今。すでに下顎呼吸が始まっているから、いつ急変してもおかしくないと思う。とりあえず今夜は病院に泊まり込める用意してきて。お母さんが来たら、私が交代で自分の荷物を取りに帰るから」

電話越しの母はとてもうろたえ、慌てていた。母によれば、その日の日中、母が面会に行った時には、父はとても穏やかで機嫌もよく、普通に会話ができていたそうだ。父が最後の力を振り絞って母との穏やかな最後の時間をつくったのかもしれない。

「一人は不安やろうから、弟に運転してもらって二人で病院にきんさい。さすがの弟も、こんな時くらい駆け付けてくれるよ」

そう伝えると母は少し落ち着いた様子だったので、電話を切った。


父の下顎呼吸は、口の開きが大きく、次第に動作も大きくなっていった。呼吸が苦しそうだ。そして、おそらくもう二度と目を開くことはないだろう……父に死が迫っていることを感じた瞬間、私はその場から逃げ出したくなった。死にゆく父を見ることは、心が押しつぶされそうだった。死ぬな、死んでほしくない、失いたくない、いなくならないで、置いていかないで……私の思考が恐怖で染まり始めたころ、母と長男が大慌てで病室にやって来た。私は涙を拭って「すぐ戻る」と言って足早に実家に戻った。雨が強くなっていた。

実家に到着して玄関のドアを開けると、家はシーンと静まりかえっていた。その不気味な静けさに、私はとてつもなく不安になった。主がいない家は、とても暗く寂しそうだった。思えば父は太陽のような人だった。いつも満面の笑みで冗談を言って周囲を笑わせて、空気を和ませる天才だった。帰宅すると「おかえり」と優しく微笑んでくれる父が私は大好きだった。父はいつも明るく、大きな愛で家族を包み込んでくれていた……そう思うとまた泣きそうになったが、涙をグッとこらえ、（早くお父ちゃんのそばにいこう）と急いで準備をして車を走らせ、病室まで全力で走った。

雨はさきほどより強く、私を濡らしていく……。病室に着いた私は、雨と汗と涙でぐちゃぐちゃで、頭も混乱してぐちゃぐちゃだった。病室のドアを開け、父を見た。

「はぁーーーはぁぁーー、はぁーーーー」

荒い息をするたびにガラガラと痰の絡む音がする。

下顎呼吸の動作が先ほどよりも大きくなっていた。傍らで見守ってくれていた看護師が、

「おそらく、もうそんなに長くはありません。耳は最後まで聞こえていますので、たくさん声を掛けてあげてください」

と言った。私はすぐさま県外にいて駆けつけることができなかった次男に電話を掛けた。次男はすぐに電話に出たので、私は、

「お父ちゃん、もう長くないらしい。最後になにか声を掛けてあげて？」

と言って、携帯電話をスピーカモードで父の耳元に置いた。次男は躊躇うことのないハッキリとした口調で言った。

「ありがとう。僕は、お父ちゃんとお母ちゃんの子供に生まれてこれて、幸せだったよ」

次の瞬間、ピーーという機械音がけたたましく病室に鳴り響いた。

次男の言葉を最後に、父は帰らぬ人になった。享年七十三歳、早すぎる死だった。天が父の旅立ちを迎え入れてくれるかのように、その冬最初の粉雪が降り始めた。静かに風に舞う初雪が、桜吹雪のようだった。

エピローグ　――それからの私

お父さんへ
元気ですか？　そっちの世界はどうですか？

昔懐かしい人に会えましたか？　体の痛みはありませんか？

私は、お父さんがこっちの世界で生きていた時に「やってみろ、お前ならきっといい仕事をするだろうよ」と言ってくれていた仕事に就きました。高齢の人、病気で体が不自由な人と毎日接する仕事をしているよ。お父さんが言った通り、私も長いこと病気だから、ここに通ってくる人たちの体が言うことをきかないもどかしさ、苦しさ、情けなさ、いろんな気持ちがすごくよく分かる気がします。

仕事を始めた当初は、この職場で多くの体の不自由な人の役に立ちたい、私が力になれることは全力でやっていきたいと意気込んでいました。私のお話がドラマチックな小説やアカデミー賞級の映画のようだったら、ここで絶好調で大成功している私のストーリーが書けているはずなんだけど、現実はそんなに甘くないね。この仕事を始めて半年が経ちましたが、近頃の私は全然元気がありません。それどころか、最近では職場に行くのが憂鬱で、体がしんどくなってきて、お休みしてしまうこともあります。なかなかいい報告ができなくて、ごめんね。

一体なにがしんどいの？　なにが辛いの？

それが困ったことに自分でもよく分からないの。無理難題な仕事や過剰な量の労働をしているわけではないのに……考えてみても原因や理由がはっきりしない。けれど、意欲がちっとも出なくて、なんにもやりたくなくて、楽しかったことも楽しくないし、休日は家からも布団からも出たくない。最近気が付いた不調のサインの一つは、人とうまく話せないこと。元気な時の私は言葉がスラスラ出てくる。でも今は、なにか話さなきゃって思うんだけど、相手の顔色ばかり気になって心臓のあたりが痛くなってきちゃって、言葉が全然出てこなくなってるの。人の視線がすごく冷たく感じて怖い。

理由や原因がよく分からないのになぜかずっと元気が出ないって、すごく苦しいね。どうしたらいいか解決策が見つけられないって、しんどいね。出口やゴールが見えないままひたすらもがいてる感じ。お父さんもずっとしんどかったね……お父さんの場合は、原因は癌だって分かっていたけれど、その癌がもう治らないって言われてしまったら、原因不明よりもっともっと辛くて苦しかったね。やりきれなかったよね。

でも、私の今の職場はね、不治の病って言われていることを諦めなくてもいいんだよ。機能回復ができる最新鋭の機械を導入していて、全国でたくさんの改善実績があるんだよ。お父さんに教えてあげたかったなぁ、その一心でここにいるの。

ここで、たくさんの人を救っていくお手伝いをしたい、こんな私でも誰かの役に立ちたい、多くの病気の人に諦めなくていいって伝えたい、その気持ちは今もなにも変わりはないのに、どうして私は止まっちゃってるんだろう。どうして体がうまく動かないんだろう。情けなくて悔しくて……頑張りたいのに、日々やってくるのはズキズキ痛む頭と今にも泣きそうになる心。

職場に行けばなんとかなることは分かっているから、重たい体を引きずってなんとか職場には行くんだけど、毎日が灰色なの。頭がボーッとして思考停止している感じで、酸欠みたいに空気が重たく感じるし、集中力も全然なくて、体がうまく動かない。時々めまいがするの。周りのスタッフがてきぱき働いている姿が眩しくて、私だけうまく動けていないことが申し訳ないのにどうすることもできなくて、真っ暗なトンネルの中に一人置いていかれたみたいな感覚。こんな時、昔観た映画に出てきていた言葉を思い出す。

「病気が発生させる死への欲求」

心の悲鳴を無視して突っ走り続けることは、死への欲求に打ち勝てない瞬間があるということ。最近眠りにつく時、高いところから飛び降りて明日が来なくなった自分を想像する。もうなんにも耐えなくていい解放感を想像してみるとね、そっちに逃げたくて逃げたくて、どうしようもない気持ちになって、とめどなく涙が出てくる夜もある。でも、私は今の自分が死ねないことも分かってる。

過去の私は何度も何度も死にたかったし、死のうとした。手っ取り早かったのは、オーバードラッグ。それで救急搬送されたことは何度もあったね。精神安定剤や睡眠薬は手元にいっぱいあったけれど、薬じゃ死にきれなかった。首吊りは体液が体の穴という穴から垂れ流しになって決してきれいな死に方とは言えないから、どうしても嫌だった。「もう終わろう」と思って、胸や首に包丁をつきつけたことも何回もあった。表面までは刺せる。あとは力ずくで刃物を体に押し込むだけなのに、結局何度挑戦してもできなかった。せいぜい手首にリストカット痕が残る程度だった。消えてなくなりたいのに死ぬ勇気もないんだって、昔は自分を責めたと思うけれど、それは意気地なしでもなんでもないって今はちゃんと分かっているよ。死への欲求に打ち勝つだけの優しくて暖かい愛情を、知らず知らずのうちにたくさんもらえていた証。自殺を食い止めてくれる、死ぬのが怖いと感じさせる強いストッパーが、私の心の中にはちゃんとあった。それは間違いなくお父さんをはじめとした私を支えてくれた人たちが作り上げてくれた。一人ではここまで来ることはできなかったってこと、忘れてないからね。

ある日、社長から、

「働けますか？　最近休みが続いているけれど……。顔色もよくないし、病院に行ってなにかしらの病気なら治療に専念した方がいいんじゃないか」

って言われてしまいました。

「治療に専念するとなると、どうなりますか？」って聞いたら、

「うちの会社は一旦離れてもらいます」って、はっきり言われました。

そっか、そりゃそうだよなと思ったし、最近はいつ休もうか、いつ辞めようかと止まることばっかり考えていたんだけど、そこで私は「ここで諦めたくない」って瞬間的に思った。まだやれるはず、まだなにか工夫できるはず、きっと越えられるヒントがどこかにあるはず……。根拠はないんだけど、そう思った。私の職場に来ている人たちは、病気でどうしようもない現実を受け入れて、なんとか改善しようと日々諦めずにリハビリしている。それは、悩みながら葛藤しながら毎日一生懸命生きている姿だと思う。辛いのは自分だけじゃない。悩んでいるのも自分だけじゃない。みんな何かを抱えながら生きている。そんな姿をいつもみているから、私も知らず知らずのうちに勇気付けられたのかな。

そんなまたある日、私の職場に来てくれていたおじいちゃんが亡くなりました。肺に水がたまって緊急入院したまま帰らぬ人になってしまったと奥さんから電話で聞きました。

そのおじいちゃんとの出会いは今年の一月の終わり頃でした。寒波がやってきて雪がしばらく降り続くようなとても寒い日でした。病気を患ってから周囲がどれほど説得しても「効果があるわけない、自分の体がよくなるわけがない」と言ってどこのリハビリにも通っていなかったそうです。頑固で思い込みやこだわりが強い、典型的な亭主関白タイプで、そばで支えてくれている奥さんに対しても高圧的で口調も強い。けれど体はやせ細り、食事もほとんど摂取できていない状態でした。

「気難しい人だな」と思っていたけれど、たまに機嫌がいい時もあって「ここで続けてやってみようと思う」「昨日、親父が夢に出てきて、頑張ってみろって俺に言うんだ」と話してくれることもありました。そうやって私に話してくれる時、おじいちゃんの顔には確かに笑顔がありました。思い返せば、そのおじいちゃんは、文句を言いながらも、スタッフに八つ当たりしながらも、一度も休まず来てくれていました。

私は彼の「声」をきちんと拾えていたのでしょうか。彼の「真意」を組み取れていたのでしょうか。どこのリハビリにも通わなかったのにうちに来てくれたのは、なんとかしたいと願っていたから？　生きる希望を捨てていなかったから？　口調が厳しくなるのは、体がしんどかったから？　やり場のない痛みや苦しみをぶつけてくれていたから？　確かめる術はもうありません。

おじいちゃんと出会ってから亡くなるまでの二か月間、私は全力で向き合えていたのか。もっと寄り添えたんじゃないか、もっとなにかできたんじゃないか、そんな気持ちが湧き起こります。明日が来ること、それは当たり前ではないということ、今一度しっかり心に刻みます。

お父さん、私、もう少しここでやってみるよ。奇跡はそんなに簡単に起きないかもしれないけれど、自分が歩んできた軌跡はある。お父さんが育んでくれた人に寄り添う心、信じぬく強さ、見守る温かさ。私には、まだやれることがあると思うの。

普通の人のように安定して仕事ができるにはまだまだほど遠い私。だけど、遠くの理想ばかり見て現実を嘆いてばかりいたら、ずっと立ち止まっていたら、できないことばかりに目を向けていたら、いつまでも理想に近づくことはできないから、先が見えなくて不安でも、まずはやってきた今日という日を懸命に過ごします。

人間だから時には休憩したりゆっくり歩いてみたりすることもあるかもしれない。けれど、見えている今この瞬間を、将来につながっている一歩を、踏み出すことを決して諦めない自分でいようと思う。そして、たくさんの人の「本当の声」に耳を傾けられるような人間になりたいと思います。

お父さん、次会う時には私の最高の物語を聞かせるよ。その日が来るまで、どうか見守っていてね。

著者プロフィール
雅海（まみ）
1984年　京都府宇治市で出生
趣味はスキューバダイビング

私が逮捕・勾留された21日間の記録

2023年８月15日　初版第１刷発行

著　者　雅海
発行者　瓜谷 綱延
発行所　株式会社文芸社
〒160-0022 東京都新宿区新宿1－10－1
電話 03-5369-3060（代表）
03-5369-2299（販売）

印刷所　株式会社フクイン

ISBN978-4-286-30071-9